내가 울어야 할 때
누가 대신 울어주는 건 더 아파요

내가 울어야 할 때
누가 대신 울어주는 건 더 아파요

유안나 시집

문학세계사

멋진 옷을 짓는 것이
좋아 보였다
옷은 아무리 유행이 바뀌어도
기본 원형의 본을 응용하면 된다
옷을 짓다 말고

어쩌다 그에게 빠져들게 되었다
끝없는 질문 하나 들고
두리번거리는 중이다
그가 어디서 올지 몰라
발뒤꿈치 들고

유 안 나

□ 차례

1. 그는 아직 오지 않았다

2. 나비의 시간

3. 아포리즘적으로

4. 그립고 그립지 않은

1

그는 아직 오지 않았다

포도

　당신의 편지에서 포도알 닮은 사연 몇 개를 골라낸 일로 기뻐했습니다 마음에 바로 담지 않고 몇 번 뒤적이면 기쁨은 배가 되었습니다 생은 몇 번 뒤적이다 보면 소소한 근심은 빠져나가고 단단한 씨알들만 남지요 나는 그대를 알면서도 그대를 모르고 꿈을 꾸면서도 꿈을 멈추지 않았습니다 포도 넝쿨에 매달린 연민이라던가 혼자 가다 돌아와 다시 어깨를 싸안은 용서라든가 비틀거리며 일어서는 자력이라는 말을 고르곤 했습니다 두통약을 잘 먹는 당신은 헛바늘이 돋았을 것이고 어제는 하루 종일 들바람을 맞다 돌아왔겠지요 당신이 부르던 동그라미를 흥얼거리다 향긋한 넝쿨이 어깨를 감싸는 것 같아 잠시 서 있었습니다

계속 가고 있어야 합니다

나뭇가지에서 바람이 레퀴엠을 연주하고 있습니다

물고기는 하늘에서 헤엄치고
그 사람이 떠났다고 합니다
함께 걷던 길도 따라갔다고 합니다

막 도착한 기차처럼 빗소리가 말합니다
새의 깃털이 귀를 막아 못 들었다고 하겠습니다

우리가 별이라고 얘기했던 것들은 어디 있습니까
곁에 머물고 스치던 익숙한 손길은
그림자로 머뭇거립니다

그림자는 피가 도는 손이 없어
내가 내 손을 만지고
내 볼을 만지고 어깨를 껴안습니다

당신이 간 그곳에는 어떤 숲이 있습니까
하얀 숲이 머리 풀고 흐느낍니까
머리 긴 유령이 모르는 이름을 부르며 달려갑니까

당신, 하얀 숲에 들어가서
새의 울음으로 있습니까
모르는 곳에서 모르는 길을 가고 있습니까
백 년처럼 가고 있습니까
당신을 지나 계속 가고 있습니까

내가 울어야 할 때
누가 대신 울어주는 건 더 아파요

밖에는 모래바람이 불고
안에도 찬바람이 불었어요
눈을 비비고 돌아서면
거친 세월도 지나가지요

모래에 대해 생각해 봤어요
모랜들 날리고 싶겠어요
사막의 등뼈라도 되고 싶겠죠

우리 집 베란다엔 그늘만 먹는 식물이 있어요
햇빛을 양보하는 식물이라
내가 고백을 많이 하죠

어떤 식물은 창문을 열어놓으면
입을 벌리고 모래를 먹어버리는데요
나는 그게 싫어요
내가 그의 눈물을 닦아주어야 하니까요
내가 울어야 할 때 누가 대신 울어주는 건 더 아파요

가족은 그런 건가 봐요
모래바람을 먼저 마셔버리는 것
그걸 보는 사람은 어쩌라고요

무늬뿐인 잠자리 날개나
구멍뿐인 새의 가슴뼈는 가벼워서 좋을까요

누군가를 바라보다 다 닳아서 그렇겠죠
그러면 영혼까지 가벼울까요
그래서 우리 엄만 꿈에 안 오시나 봐요

이상의 시가 재워주는 잠

불면증이 심할 때가 있었다
약을 먹어도 잠이 오지 않을 때
이상의 시를 읽었다

'아아 꽃이 향기롭다 보이지 않는 꽃이'*
묘혈을 파듯 깊이 숨을 마신다
보이지도 않는 꽃에서 향기가 나와
내 눈동자 깊이 구덩이를 판다
(무엇을 묻으려고?)

'밤은 참 많기도 해서 실어 내가기도 하고
실어 들여오기도 하는데'*

꿈을 꾸면 벌판 한가운데 누가 서 있다
근처에는 아무도 없고 나는 나를 찾으러
막 들판을 헤맸다 '이상스러운 흉내를 내며'*

묘혈을 파고 누워서
과꽃을 만나면 과꽃과 인사를
달빛을 만나면 달빛을 쪼개며

잠을 만나면 잠과 연애하며
생이 제 몫의 향기로 저물어 가도록

그러나 풀 수 없는 것은 무서운 아해와 무서워하는
아해 사이의 거리

나는 잠이 무서워하는 아해인가
내가 잠을 무서워하는 아해인가

* 이상의 시집 『오감도』의 「절벽」, 「아침」, 「꽃나무」에서 차용

거미와 블루스

그 복잡한 거미줄 속에는
이런 속내가 있다
지나가기만 해봐라 붙잡아줄게
해달라는 것 다 해줄게

그럼 난 바람 속을 지나가는 제비처럼
이렇게 말해 준다
난 네 줄에 절대 걸려들지 않을 거야
네가 해주는 사랑도 안 먹을 거야

이승을 떠나 막 저승에 도착한 나비처럼
하늘을 지나 별을 지나
천지 만물을 지나도
아직 발을 빼지 못하는 귀신처럼

네 줄은 너를 걸고넘어지지 않으려 휘청이고
나는 내 줄에 걸리지 않으려고 빙빙 돌다
내가 놓은 덫에 내가 걸리고 만다

거미줄은 칸나꽃 입술 너머에서 시작된다

매미 울음에서 실을 뽑아 계단을 만들고
바람의 등을 깎아 문을 만든다
나는 갑자기 방랑자가 된다

오너라 거미야
우리 한번 블루스나 추어 보자

줄

외줄이 조마조마
한 한생을 건네주고 있다

생은 어차피
건너편에서 기다리는 말뚝에 걸리는 것

얼굴 없는 줄이 손을 내민다
여자가 두 손을 나비 날개처럼 벌리고
한 발 한 발 내디딘다

사실 그녀는 수천의 바람이 빚어낸 사람
바람의 날개가 발이 된 사람

핑그르르 도는 허공을 내디딘 발목에
한낮의 붉은 혀가 감긴다

어쩌자고 사람들은 저 여자를 까마득한 외줄 위에 세
워놓고
흔들리는 줄을 갉아대는 시간의 이빨을 바라만 보는가

그녀가 간다
이쪽에서 저쪽까지

흔들흔들
아슬아슬

목련

딱 벼락 맞은 나무맹키로
넘어져 버렸어야

반쪽을 못 쓰는 어머니는
침을 흘리며
겨우 알아들을 수 있는 반쪽 말을 했다

밖에는
비가 오고 있었다

통역자를 기다리는 이방인처럼 목련꽃에
물방울이 머물다 떨어지곤 했다

어무이 갑갑해서 어쩌까이 하자
느그 고생 오래 시키면 어쩐디야 하시는
어머니의 눈빛은 어딘가로
한없이 가고 있었다

축축한 구름이 서로 맞부딪치며 죽음 뒤의 길을 붓질
하고 있었다

다시 봄이다

봄의 언어를 어눌하게 구사하며
목련은 피고 지고

빗속에
어머니 다녀가셨나 보다
옥양목 치마 벗어놓고
가지에 버선 한쪽 걸어놓으셨다

뼛속보다 더 깊은 데서
울다 스며든 잠처럼 비 그친 서녘 하늘 눈시울 붉다

산책

바람이 불었다

걷다 잠시 멈추어서
마음을 열어두고
벤치에 앉아 바람에 이마를 맡겨주고 생각이 깊어질 때

다람쥐가 내 생각의 깊이만큼 다가와 긴 꼬리로 내
그림자와 겹치며 앉는다

내 그림자와 다람쥐 꼬리 사이에서
검은 개미 떼가 흰 슬픔을 지고 나온다

꺾어진 등뼈였고 접힌 계단이었고
바퀴가 달아난 자전거였다
바람을 저장해 놓은 창고가 어깨를 들썩이고 있었다

비가 왔다

여기에서가 아니라
거기에서

마음이 젖었다
내가 아니라 웅크리고 있는 작은 아이가

아버지는 기린처럼 목이 길어졌고 오빠는 아버지를
올려다보았고
나는 별 모양의 사탕을 먹었다

검은 새가 아버지를 숲으로 데려갔다
나는 넘어져 무릎에서 피를 흘렸고
혓바닥이 붉은 버섯이 무릎을 핥아주었다

오한이 났다

아버지는 노오란 알약을 빻아서 숟가락에 담아 먹여
주었다
거기 툇마루에서가 아니라 방금 꾼 여기 꿈속에서

어머니도 완행열차의 기적 소리를 신고 검은 개미 떼
와 같이 사라졌다

산책은 이런 것인가
아침을 걷다 보면 마주 오는 저녁과 겹치고
다람쥐 꼬리에서
흰개미 떼가 나오고

바람이 내 머리카락을 만진다
내 피가 다람쥐 꽁지처럼 쏠린다

꽁지깃이 긴 새 한 마리 바람의 뼈처럼 허공으로 사
라진다

파꽃환상*

나는 때때로 파꽃을 열고
그 뿌리에 닿아보고 싶다
그곳엔 애인이 있을 것이다

애인은 갓 제대한 그을린 얼굴에
푸른색 긴 팔 셔츠를 입었던가
검은 뿔테 안경을 끼었던가

바람이 우리를 들판으로 데려갔던가
그때 달빛이 꽃잎으로 피어났던가
어느 계절의 꽃밭에서 서로 찾아 헤맸던가

그걸 파꽃환상이라 불러야 하나

알싸한
파꽃의 향기 내 온 혓바닥을 긁고 간다

달이 슬퍼 보일 때가 있다
닳는 뼈마디를 숨기느라 한숨이 배어 나온다

애인과 남편이 함께
돌아눕는다
이렇듯 먼 세계가 나란히 겹치기도 한다
나는 남편과 애인의 잠을 지킨다
흰 달빛이 파밭으로 들어간다

* 최향 화가의 〈파꽃환상〉에서

벽돌을 쌓듯이

둘이 사는 동안
당신 옆에서

당신이 멀리
가지 않도록
치맛자락을 펴 바닥을 만들고

마음이 드나들도록
미간에 쪽문을 열어두고

진달래꽃 위에
콩새의 노래 쌓고
콩새 노래 위에 나비 비단옷 쌓고
나비 비단옷 위에 바람의 눈물 쌓고
눈물 위에서 기우뚱 허공을 짚을 뻔

몇 번의 엇갈림을
통과하는 동안
담은 조금씩 두터워져

고인 어둠에 한 줄기 햇빛을 부양하며

세상 모든 검은 비
세상 모든 불온한 구름
밖에 세워두고 싶어
벽돌 한 장씩 올리는
참 아슬한

토병土兵

칼을 휘둘렀지만 너는 그대로 서 있었다
이미 영혼을 따로 간직했으니 다시 죽을 일은 없겠지

얼굴 없는 어깨 얼굴 없는 발 얼굴 없는 입
무엇을 말하고 싶니

편의점 야간 알바를 끝내고 그가 나오고 있다
잠깐 스쳐 가는 젊은이에게는 세상이
커다란 짐인 양 허리는 구부정했고
하늘이 눈부신 듯 땅만 보며 걷고 있다

역사에는 또 한 겹의 먼지가 쌓이고
누군가 칼을 들면 어딘가에선 포탄을 만들 것이다

물처럼 흘러왔지만, 도대체 고개를 들 수가 없다
나는 모든 죄를 모시고 있었으므로

빛과 어둠 사이 찬란한 허무가
찬란한 허무 속을 걷던 죽은 왕들이
얼굴 없는 토병의 목에 얼굴을 맞춰본다

황급히 돌아와 다시 눕는다

다시 눈이 오고 다시 꽃이 피고
무덤 위 쑥 뿌리를 뽑던 여인이 언제부터 목이 없었
는지
기억이 떠오르지 않는다

어쩌다 나를 잃어버렸나
북극의 빙하처럼 차가운 목
언제부터 거기 서 있었니
너의 목 위에 왜 내 얼굴이 있니

하늘이의 하늘

예수는 가장 높은 인간이고 가장 축복받은 인간이지만
지상에서 그는 가난했으며, 세속적 지위의 단순한 동일시를 받아드리지 않았다

벽돌 사이로 시멘트를 부으며 남자가 묻는다
너 실하게 생겼구나! 이름이 뭐냐
하늘이에요 열일곱 살이에요
학교는 어쩌고
초등학교 삼 학년 다니다 말았어요
아버지는 뭐 하시는데

바람이 휙 지나가며
숨고 싶은 먼지를 우르르 일으킨다

빚 때문에 우리 식구는 뿔뿔이 흩어졌어요
엄마하고 막냇동생하고 저만 이곳으로 왔어요
전에는 뭐 했냐
어머니 일 도우며 이런 일 저런 일 했어요
지금 엄마는 뭐 하시는데
당뇨로 눈이 어두워 아무 일도 못 해요
제가 막노동해서 먹고살아요
아저씨 비밀이에요 나이 숨기고 왔어요

비가 오려나 보구나
남자가 어두워지는 하늘을 올려다본다

너는 뭐가 제일 하고 싶으냐
학교 다니며 공부하고 싶어요

울지 마라 좋은 날 있을 테니
날이 드는구나! 오늘 일 하겠다

* 알랭 드 보통 『불안』에서

광장

광장에 분홍웃음이 없다
벚꽃이 비둘기처럼 구구거리던 노래가 없다
태양을 바라보며 손을 흔들던 소년도 없고
당신의 가슴팍에 해바라기를 새기던 파란 잉크도 없다

없는 소년이 웃는다
없는 태양을 한 입 잘라 먹으며
화살에 꽂혀 달아나는 이상한 명왕성을 바라본다
없는 명왕성 아래로 구호들이 구르고 있다

별의 껍질들이 날아다니고 있다
달과 해의 어깨가 서로 부딪치며 없는 소년의
반짝이는 눈동자로 찾아 들어간다
함성도 촛불도 태극기도 모두 빨려 들어간다
없는 소년의 없는 손이 흔들린다, 없는 소년의 없는
눈이 웃는다

광장에 거인이 없다
바람과 깃발이 펄럭이던 광장의 모퉁이에
거인의 웃음이 없다

소년도 없고 나의 웃음도 검은 새가 되어
소년의 입속으로 빨려 들어가고
비둘기들이 난쟁이의 그림자를 들어 올린다

없는 소년은 현자를 찾아 비둘기가 되고
비둘기의 퍼덕임으로 광장이 끝없이 팽창한다

올가미

뒤엉킨 가지에 밀려
자꾸 햇빛이 뒷걸음질한다

큰 가지 하나를 잘라내니
작은 가지가 햇빛을 받는다

웃자란 가지와
곁가지도 잘라낸다
그제야 바람이 들락거린다

햇빛을 조금 보여주자고
밑동까지 자를 뻔했다

잘려나간 가지는 죽었다
지독한 바람도
무언가를 다그치기 위해 왔을까

누가 뿌리를 건네준다면
허리에 두른다면
후끈 가지에도 수액이 차오를 텐데

잘린 가지에 꽃눈이 달려있다

꽃눈마다 사랑을 매달고 싶었을 것이다
마음을 익히고 싶었을 것이다

탱자를 기다리는 동안
누가 가시를 먼저 보내주었을까

탱자는 가까이 왔으나
아직 이곳에 도착하지는 않았다

가지에 새 울음소리가 걸린다

탱자를 보기 위해
가지 사이에 목을 집어넣는다

해후

산 그림자 내려올 때
낯선 곳에서 길을 잃었을 때
빗방울이 후드득 떨어질 때
맨몸으로 비를 맞을 때

기억난다
어느 생의 모퉁이에선가
우리는 손을 놓았다는 것
당신이 어디에선가 기다리고 있다는 것

갈잎은 서리에 뒤엉키고
무덤의 주인이 가늘게 눈을 뜨고 깨어날 때
갑자기 회오리바람이 불었던가

두리번거린다
우산을 들고 올 거 같은 사람
젖은 몸을 가만히 안아 줄 것 같은 사람

가슴속으로 붉게 번지고 스며
이제는 아무도 끄집어낼 수 없는 사람

후드득 비 떨어지는 소리에 나는 지그시 눈을 감는다

바람이 불어와 커튼이 흔들릴 때
창문 열고 밖을 볼 때
아무도 없이 별만 총총할 때
컹컹 개 짖는 소리만 들릴 때

손 놓았던 그 사람이 다녀갔다는
이 생이 전부가 아니라는
나를 향해 당신이 동굴처럼 뚫려있다는 생각

나뭇가지에 걸린 달그림자처럼 한참을 흔들린다

그는 아직 오지 않았다

강가엔 아무도 없다 새가 날아온다 강은 흔들리고 새는 강가에서 물고기를 찾고 있다 강 허리에 은비늘 몇 돋는다 물속까지 흐른 버들가지에 초록색 이파리들이 한 잎씩 핀다 강 건너 산비탈을 통과하는 바람, 뒤를 따라가는 구름, 흘러간다 구름은 흘러가는 중이고 새는 여전히 물을 헤집고 있다 그는 아직 오지 않는다

폴짝폴짝 줄넘기를 하던 운동장이 생각난다 강가에 새는 날아갔고 등을 뒤집던 강물은 잠시 쉬고 있다 고개를 갸웃거리던 갈대는 한 곳만 보고 있다 그는 아직 오지 않았다 아이는 운동장에서 뛰고 있고 버드나무도 일렁이다 가라앉고 나의 그림자 마중은 아직이다

나는 누군가의 그림자 위에 서 있다 면박당하듯 서 있는 이 시간이 환생하지 못한 무수한 전생일까 호명을 기다리는 숨죽인 백만 년일까 그를 떠올리며 그리움을 삼켜버리는 일에 대해 강물은 묻지 않는다 허공에는 무언가 날아가는 것이 있고 버드나무는 내게 그림자를 건네준다 그는 아직 오지 않았다

2

나비의 시간

장마 끝나고

매미가 울어 댄다
그 소리 점점 커진다
짝 찾는 매미 소리
황소울음 같다고 생각하다

이런 생각도 하게 된다

어느 날 매미가
황소만한 매미가
고구려 장수처럼 갑옷 입고 내 방문을 두드리면
창문 열고 들어와
침대에 엎드려서
나팔처럼 울어대면
나를 업고 자기네 나라로 가자 하면
폐광처럼 쓸쓸한 내 심장에
불을 지르면

별일이야 이런 망상을 하다니
그래도 어느 날
우체국 집배원처럼

초인종을 누르고 서서
기어이 함께 가자 조르면

그러면 못 이기는 척 따라가 볼까
머리에 분홍 꽃 꽂고
내가 아닌 그 어떤 여자가 되어
내가 아닌 나를 바라보며
알 수 없는 노래 흥얼거리다
근사한 갑옷 입은 매미에 업혀
허우적허우적 날아가면 가고 다시 못 온다면

나비의 시간

얼룩으로 가득한 창 앞에 선다
손을 내밀어 얼룩을 지우려 하지만
밖에 있는 얼룩은 지워지지 않는다

햇살이 얼룩들 사이로 기웃거리다
돌아간다

흐린 창 너머 구름이 흐르고 있다
나는 창 위에 새로운 창을 만들기로 한다

새 창으로 빛이 들어온다
손을 내밀자
빛의 나비 한 마리 내 손바닥에 앉는다
나비는 날개를 접고 쉬고 있다
나와 함께 오래 있겠다는 듯
미동도 않는다

다시 손바닥을 펴고
선영이 미자 영애 어머니……
이슬 같은 이름들을 불러 나란히 앉혀 놓는다

누군가 시간 너머로 날아가고 있다

한없이 개방적인

당신, 잠자리에 누워
길게 발을 뻗었나요
당신이 발을 미는 느낌으로 나는 아침에 눈을 떴어요

이곳의 낙엽이
그곳으로 날아가면
노란 민들레꽃으로 피어날까요

그곳의 갈대가
이곳으로 날아오면 산수화 톡톡 터지며
이곳의 냉기를 날려버릴까요

이곳의 내 몸이 천천히 지워지기 시작하면
당신은 그곳의 아침 뉴스를 보겠죠

오늘은 당신 무슨 책을 읽나요
나는 오늘 아침 보르헤스를 생각했지요

커튼을 열고
당신은 밤하늘의 별을 바라볼까요

그곳에도 생이 있기에, 하나둘
별들 사라지고
사라진 나의 발들을 짚고 당신이 깨어날까요

오늘도 빈틈없이 반대편을 다니러 가는 태양의 발목에
장미를 걸고 해가 밝아옵니다

담장의 장미는 피어나고, 허공을 계단으로 삼으며
사랑해
당신은 다른 세계의 손을 들어
나를 어루만집니다

꿈에 잡혔던 허리가 몽롱합니다

내가 가진 건 감정뿐이에요

거리에는 지금
사람보다 바람이 많아요
거리는 사람이 다니라고 만든 것인데요

황사는 바람 없이는 다닐 수 없죠
모래가 무슨 힘이 있겠어요
바람이 가자는 대로 가는 거죠

모래알처럼 사는 사람이 많아요
바람이 데려가는 데로 가는 거지요

그러면 안 된다는 걸 알기도 쉽진 않죠
그러려면 바람보다
힘이 더 새져야하는 데요

혼자는 못해요
모래가 바람을 이길 수 있나요

비가 오길 기다려야죠
빗물이 데려다주지요 강바닥으로요

강물이 비를 기다리는 이유를 아세요

안다면 강바닥에
모래가 쌓이는 이유도 알까요
그 감정을 감추기 위해
물안개를 피워 올린다는 거 까지도요

모든 감정을 하나로 모으면 어떻게 될까요
누구도 꼼짝 못 해요

연단鍊鍛

화덕을 들고 돌아다니는 손이 있었다
차가운 가슴에
활활 타는 숯덩이를 부어 넣고
사라지는 발걸음이 있었다

그때 나는 밤마다 당신을 찾으러 다녔다
그렇게 불덩이를 디밀고 사라지지 마세요

애원할수록
가슴이 녹아내렸다

꿈속을 헤집어 오늘을 찾는다
오늘이라는 동그라미에 갇힌 사람들

말랑한 하루는 없다

어떤 날은 거미줄 위의 잠자리
어떤 날은 수렁으로 빠지는 발목

아침에 본 거울에는

내가 슬프게 나를 건너다보고 있었다

어떻게 하면 단단한 씨앗 속으로 들어가 다시 태어날
수 있을까?
어떻게 하면 나는 당신이 원하는 꿈이 될 수 있을까

당신의 담금질은 멈추지 않는다
망치 소리 밤새 쫓아온다

목숨을 거는 것만이 사랑은 아니다

하루에 한 번은
산책을 하자고 했다
당신은 하루치 서비스로
운동화를 톡톡 털어 바로 놓아준다

당신이 슬며시 열어놓은 마음 문에서
오랫동안 자라온 꽃대 하나가 살짝 고개를 내민다

발가락을 괴롭혔던
어제의 돌멩이들이
또르르 떨어지는 소리를 들으며
아프지 않았냐며 당신은 돌아본다

나는 가만히 웃어준다

단지 미소를 지었을 뿐인데
공기가 달큰하다

밖에는 비가 내리거나 내리지 않을 것이다

당신은 나의 유일무이한
소중한 사람이라고 말하자 입꼬리가 살짝 올라간다

속는 줄을 알면서도
당신은 속아준다는 걸 나는 안다

나는 사과의 미로를 찾고
당신은 서서히 사과의 육질이 되어간다

방금 커다란 꽃뱀이
당신의 갈비뼈 하나를 물고 지나간 줄도 모르고

안부

마주 보던 마음 잃고
갈 수도
올 수도 없어

안부만 묻고
돌아서는 길
바람의 정강이에 걸려 넘어진 적 있네

이제 더 이상 서로를 가둘 일 없지없지 하며
마음의 창틀 뜯어낸 적 있네

풀벌레 울고 울어 쉰
목구멍에 대해 걱정하는 일
한쪽 날개
잃어버린 왜가리처럼
기우뚱기우뚱 허당을 짚으며

가시덩굴 위에 똬리 튼
배암의 쓰린 등 같은 어느 오후
비는 내리고

당신의 안부도 떠내려갔을 것 같고, 상처 난 살갗 같은
가을이 슬멋슬멋 옆구리를 열고 들어와서
때아닌 서리 내리고

벗다 만 허물 다시 걸치고 숲으로 들어가는 배암처럼
나는 어느 풀벌레 울음 자리를 더듬으며
부서진 창틀을 더듬고 있으리

끝내 네 안부는
새처럼 먼 곳으로 날아가 버리고
나는 마음의 빈 무덤만 더듬는가 우는가

잿빛 언어

대기

태양은 아직 떠오르지 않았어 그래서 바다는 하늘과 구분이 되지 않고, 막 하늘이 희어지고, 수평선 위에 검은 선이 그어지고, 빛이 잔디 위에서 부드럽게 움직이고, 새들은 언제 어디서나 노래하고, 이른 아침 꽃들은 모두 다른 색으로 피고, 그리고 빛으로 만든 물고기 같은 검푸른 물결

나무

나의 눈은 아무것도 보이지 않는 초록 잎이야 지상에서의 나는 린넨 블라우스를 입고 뱀가죽의 가방을 메고 있는 소녀, 그러나 저쪽 어딘가 나일강 가 사막에 서 있는 석상, 눈까풀 없는 눈이 나의 눈, 나의 뿌리는 우주의 중심으로 뻗어나가고, 건조한 흙을 뚫고 하염없이 뻗어나가고, 우주가 내 갈비뼈를 짓누르고, 나는 그리운 나의 괴로움을 찾아가려고 해! 저 너도밤나무 뿌리 밑에 내 고뇌를 내려놓을 거야

바람

저게 사람들이야 그들은 차례차례 죽고 또 차례차례
태어나서 빈자리를 메우고 있어, 그들은 사라지지 않아
대기처럼, 비둘기는 참나무 꼭대기에서 날아오르며 바
람의 뺨을 때리지, 저기 밀려오는 파도는 달의 말이야
저기 굴뚝에서 피어오르는 건 영원히 죽지 않을 잿빛
말들이야

시계

두 개의 바늘은 사막을 헤치고 행군해 나가는 호위자
들이야 문자판의 검은 막대기들은 오아시스지, 긴 바늘
이 앞서 나가서 물을 찾고, 짧은 바늘은 사막의 뜨거운
돌멩이 사이를 고통스럽게 넘고 있어, 들개가 저 멀리
서 짖고 있어, 봐! 숫자의 고리에 시간이 가득 차는 걸,
작은 고리 안에 세상이 담기는 걸, 고리 안에 세계가 들
어가고 나는 언제나 고리 밖에 있어

사순절

내가 가시에 찔려
쩔쩔매면서
누군가를 찾을 때
상처를 어루만지고 있을 때

두 손을 모으면
위로가 되었다

세상에서 가장 간절한 소리는
손바닥에 담기나 보다

나는 모르고 당신은 알았을까

당신은 내게
석류 하나를 주었다
시고도 달콤한
동그란 물음 하나

속에 들어 있는
알맹이를 꼭꼭 씹어 뱉어내며

석류의 찢어진
붉은 살을 외면하고
흙 묻은 손을 툭툭 털며
잠자리에 누우면 목구멍에 달이 걸렸다

달의 문을 열고 자꾸만 사라지는 당신
찢어진 옷을 입고
피 묻은 창문을 닫고 가는 당신

나는 보았다
가시에 찔리면서 홀로 걸어가는 당신을

화해

씨앗을 넣고 다독거린다
불꽃의 꼬리를 묻는 것처럼

마음을 묻는 일이 이런 걸까

자주 그랬다

벗은 발의 감촉으로
뭔가 부드럽고
따뜻한 것이 돋는다

발을 들고 내려다보니
마늘잎 새싹이 보인다

마늘잎의 이마에 햇살이 내려앉자
봉한 봉투가 열린 듯
참았던 말들이 쏟아져 나왔다

텃밭 한구석에 있던 마늘에서 어느 날
비밀스럽게 놈들이

입술을 내밀었다

마늘에서 꽃대가 쑥 올라왔다
핑계가 생긴 것이다
만나면 쏟아놓을 얘기
활짝 필 얘기

허방에 발 딛고 불쑥 손 내미는 이유

마늘종을 뽑아
고추장에 섞어 놓으니
기다렸다는 듯 가까운 사이가 되어버렸다

며칠 죽어라고 싸우고
밤에 한 침대에서
껴안고 잠드는 남녀처럼

뒷모습

그늘은 햇빛에서 걸어 나오고
이별은 햇빛과 그늘 사이에 앉아있다

골목은 골목에서 벗어나고
하나의 문장으로도 세계는 금이 간다

시월 하순은 차갑다
달은 더 차갑다
잃어버린 세계는
거기서 잘살고 있겠지

마음이 시린 자가 장갑을 낀다
손목에 상처가 있는 자가 팔찌를 차듯

그가 걸어간 발자국 위로 흰 달빛이 쌓인다

돌이킬 수 없는 밤
빠져나가지 못하고 떠도는 밤
생각의 건반이 희고 검게
건너뛸 때

멀리 걸어 나와
길 잃고 헤매는 아이처럼
쪼그리고 앉아서
바라보는

작두를 타다

이제 너를 거쳐 간 사랑은 미신이다

화대처럼 받아든
시간에 불붙이고
연기도 없이 심지 타는 소리 듣는다

손금 위를 비켜 간 바람이었다 해도
너와 마주하면
그 시간들이 더듬더듬 손에 잡힌다

아무래도 사랑을 앓고 있는 네 마음이 보인다

돌아서는 뒷모습을 보면
너의 내일이
서낭당에서 뚝 떨어진 주문처럼 중얼거려진다

어떤 바람을 만나 죄를 하나 보태도 좋을라나
보름달이 뜨면 갈라진 손톱에 불 밝히고
검푸른 숲을 헤매고 다닐
네 마음이 거울처럼 투명하게 보인다

첫눈을 예감하는 새벽,
바람에 묶인 흰 도포가 두서없이 허공에 날리고

오늘 또 오늘

너는 태어난다. 나의 탈을 뒤집어쓰고 아장아장 걷는다. 펄쩍펄쩍 뛴다. 거리를 활보하고 울고 웃는다. 사랑하고 헤어진다. 나의 오늘을 네가 걷는다. 나는 흐뭇하다. 나는 더 이상 내가 아니다. 성급한 별이 반짝 손을 내민다. 나의 어제는 너에게서 돋아났다. 어제는 기억나지 않고 오늘은 있다. 어느 굴뚝에선 또 다른 내가 사라지고 어느 산실에서 내가 태어난다. 아이들은 나를 흉내 내며 너로 자란다. 나의 DNA는 굳세다. 수많은 네가 자라고 수많은 내가 우글거리는 광장에서 서로의 목소리는 바뀐다. 본래의 목소리는 잃어버리고 뒤바뀐 목소리로 웅웅거리며 거리를 떠다닌다. 거리엔 너의 얼굴을 뒤집어쓴 목소리들이 물결친다. 바람으로 타오른다. 이제 서로 손바닥을 맞춰 봐야 할 때 너였던 나는 다시 너의 모습으로 자라난다. 오늘이 된다. 광장엔 끝없이 오늘이 출몰한다. 오늘이 휘청거린다. 흔들리는 목소리들은 사라지고 사라지고 새로운 목소리가 돋아나고 돋아난다. 그 발걸음이 너인지 모르고 너를 밟는다.

텔레비전을 보다가

텔레비전을 보다가
해 질 녘 바람에 갈기를 날리던
사자의 눈동자와 딱 마주쳤다

그의 목덜미를 들추며
지나가던 바람이 내게 불어왔다

어느 생에 우리는 함께이었을까?

사바나! 하고 부르자
질주와 포효와 밀림과 어떤 떨림과
뼈와 뼈를 부딪는 야생이
송곳니처럼 내리꽂힌다

바위 한 편을 내주며 그가 한 다리를 접는다

어서 와
여기 앉아!
낮은 음성이 내 불면을 끌고 간다

그의 포효가
아스팔트를 가로질러 와
내 잠을 안고 달려갈 때 기척 없이 스며드는 온기

날카로운 발톱도 갈기도 없는 내가
그에게 돌아가는 밤
밖은 막 우기의 계절이 시작되고

문득 돌아본 자리에는
어떤 흔적들이 묵은 뱀 허물처럼 흩어져있다

마음 고개

밥은 먹고 다니는가 꼴이 그게 뭐여 피죽 한 그릇도 못 먹은 거 마냥 눈이 십 리나 들어갔네 그보다 큰일 당하고 사는 사람들도 많어 돈으로 해결되는 일이 그래도 나은 거여 식구 중 누구라도 상혔어 봐 돈으로 찾을 수 있간디 저놈의 고양이는 왜 저리 울고 있디야 아직 나이가 있으니 일어설 생각을 혀봐 지금이야 기가 막혀 별별 생각이 다 나것지 잠도 안 오고 밥도 안 넘어간다고 누가 고양이 새끼를 몰래 가져갔나 보구먼 그럼 오죽허겄어 애 어멈은 어쩌고 있어 알재 알재 그 법 없이도 살 사람이 밤낮없이 험한 일 해가며 장만한 집인데 오직 허겄어 마음이 모질지 못혀서 탈이여 아무리 친혀도 집 보증은 서는 게 아닌디 충격으로 어멈 눈이 잘 안 보인다고 저놈의 고양이 새기를 어떻게 어디서 찾아다 주까잉 큰일이네 어쩌까 나도 형편이 넉넉지 못혀서 요거밖에 못혀 주는구만 우선 방이라도 구하도록 혀 애들이 착하고 똑똑허니 맴 굳게 먹고 살아봐 내 말 새겨들어 절대 나쁜 맘 먹으믄 안디여 옛말하는 날 있을 테니께

저것 봐 고양이도 어미 노릇 할라고 저리 눈에 불을 켜고 새끼 찾고 있잖는가

마음의 몸

가는귀먹은 친구와 얘기하다 보면
따라서 내 목소리도 커진다

누군가의 보폭에 맞춘다는 것
때로는 숨이 차기도 답답하기도 하다
허나 그것은 몸이 마음을 다 못 읽은 것

바람은 어떤 마음으로
사막에 물결무늬를 만들고 신의 발자국을 만들고
오아시스를 만들어 내는가
스스로는 움직일 수 없는 사막의 마음을 읽었다는 건가

안내견이 맹인과 함께 길을 건너는 걸 보았다
마음이 손을 읽고 발을 읽고 있었다

몇 년 새 내 키는 몇 센티 줄었다
그것도 몸의 마음이라고 읽어도 되는가

폭풍이, 서 있는 나무들을 뉘어주는 건
나무의 마음을 잘못 읽어서이다

그래서, 어쩐지, 마침내, 이런 안타까운 부사들에도
마음이 있다는 걸 알았다

당신은 지렁이를 밟지 않으려고 돌아가고
나는 당신의 아픈 허리를 두드려준다

우리는 깊은 곳으로 가라앉고 있는 중이다 영원히,
영원히 라는 부사가 기다리는 그곳
나도 당신도 아니고
우리의 중간쯤으로

3

아포리즘적으로

바람 소리

휘휘 어둠을 젓는 소리
밤을 깨운다
무덤 속 혼을 흔든다
누가 천 년 잠에서 깨어 사르락 사르락 옷 입는가

매 바위 서방 바위 각시 바위를 지나
거문도 백도를 지나
유난히 코가 큰 그 남자
구릿빛 가슴이 단단한 벅수를 지나
벅수를 사랑한 그 여자 여수의 붉은 가슴을 지나
처용과 한바탕 탈춤을 춘다
수제천 피리 소리가 아득히 동백을 두드리고
여음의 북소리 어디까지 가는가

누가 고구려를 지나 신라를 지나
용왕의 딸이 부른 노래를 따라
산들바람으로 흔들리는가
사랑 하나 어쩌지 못해
툭 떨어진 동백의 심장을 따라
휘휘 밤을 여는가

잠을 깨우는가
어느 생의 못다 한 그리움이
혼인 듯 생인 듯
내 몸속 봉분을 흔드는가
우우 여수의 열두 폭 치맛자락을 흔들고 마는가

낮달

도란도란 노부부가 얘기하며 간다
할아버지는 굽은 등을 애써 펴며
없는 머리칼을 쓰다듬으며
가끔 고개를 끄덕이며

할머니는 아직도 나는 여자랍니다
하는 듯 배시시
입꼬리를 올리며 웃는다
남편을 바라보는 그녀의 눈에 분홍이 담겨있다

언젠가 저들도 푸른 이파리였으리라
어떤 찻집에서 서로에게 두근거리며
피었던 꽃이었으리라

저들의 사랑 법은 젊은이와 달라서
그늘깨나 지나왔을 것이다
깊이를 알 수 없는 뿌리 같은 것이 저들의 그림자 속
에 있다

그녀가 잔기침을 하자

할아버지는 얼른 주머니에서 사탕 한 알을 꺼내 준다
가녀린 손가락으로 그녀는 남편의 마음을 꼭 쥐여준다

까무룩히
잠들었다 깬 듯
구름 속으로 낮달이 지나간다

가을 단상

은행잎 떨어진다
찻잔에 추억이 떨어지는 속도로

노란 이파리엔 왜 이별이란 이름을 지어주나
단풍은 살아서 죽은 이름
모든 미련을 버린 잎은 가볍고 애처롭다
말할 듯 말할 듯, 읽히지 않는 지문 위로
후생의 전언이 햇살로 일렁인다
샐비어 붉게 웃어주고
가을비 문밖에 서성이다 간다

은행잎이 젖는다
젖은 잎에 내려앉는 햇살이 서리처럼 차다
이런 날 마른 잎을 보는 일이란
네게 닿는 순간이다
이생보다 아련한 시간이 네 등에 다시 포개이고
그 시간은 죽어서 다시 사는 일

바람이 국화 꽃잎에 앉아
서리를 밀어낸다

노란 잎의 문장에 귀 기울이면
가을 햇살의 보폭으로 오는 시름

저 노란 울음도 언젠가
허공의 무덤으로 스밀 것이다

이 가을을 다 걸으면 너는 거기에 무엇으로 서 있을까

소한

문틈을 막는다

겨울이 오는 걸 보면
당신이 움츠러들고 있다는
생각을 하게 된다

날씨가 추워진다는 것만으로도
세상이 좁아지고 있다는
생각이 든다

물이 언다
당신이 떨면서
들어갈 곳을 찾고 있다고 생각한다

바람이 지나자
강물이 쩍 입 다무는 소리를 낸다

몸이 지나가면
마음에 구멍을 만드는 바람

입속에 웅크리고 있다가
간신히 삼켜지는 덩어리

사는 일에 몰두하느라 당신을 자꾸 지나쳤다

당신이 추위를 견디는 동안
마음을 견디는 차가운 뱀 같은 것이
목구멍을 타고 땅 밑으로 내려간다

바람 부네

언젠가 당신이
내 머릿결이 탐스럽다고 말했을 적에

국화꽃이
장미꽃이
수국이
수북이 올라왔지

다람쥐 꼬리를
나뭇가지에 얹어 놓듯이
탐스럽다는 말을
서서히 부풀리고 있었을 뿐인데

꼭 당신이 바라보는 것처럼
나는 은행나무 밑을 지나
메타세쿼이아 길을 지나
정류장으로 걸어가네

나는 점점 거꾸로 날아
질긴 기억의 등짝에 달라붙네

지나가는 바람이
다시 머리카락을 부풀려 놓을 때까지
걷고 또 걷네

거푸집과 날개와

꿈에 애벌레를 보았다
그것은 몹시 꿈틀거렸다

남편이 자는 나를 흔들었다
나는 꿈에서만 날 수 있는 외계인의 시점으로 인해
어려서부터 익힌 변장술로 인해
끝없이 구르는 중이며
어딘가로 끝없이 가고 있다는 걸 알 수 있었다

날개를 꺼낸다는 건 거푸집을 버린다는 것
가령 작부인 어미를 버린다든지
매국노인 아비를 버린다든지
문둥이 할머니를 버리고
광화문 광장에서 뽀얀 얼굴로 소리쳐보는 것

애벌레는 구르고 굴러 나뭇가지에 매달렸다
한쪽 날개를 꺼내고
다른 한쪽 날개를 꺼내려는 순간 거친 비바람이 불어
왔다

애벌레가 얼마나 열심히 꿈틀거려야 하는지와
탄식으로 벽을 깨부수는 일은
얼마만큼이나 차이가 있을까

하나의 벽을 부순다 해도
천 개의 벽이 남아있고
죽을힘을 다해 날개를 꺼낸다 해도 겨우 나비가 될
뿐인데

숨기고 싶은 옆구리를
바람이 기어이 들쳐놓고 간다
또 잠꼬대야! 그가 흔든다

겨우 한쪽 날개만 꺼내놓고
다시 드는 잠

미열

새들이 한낮을 털고 있다

남쪽의 꽃 냄새
서쪽으로 밀고 가는 바람에 기울었다

해마다 늘어가는 알약도 일용할 양식이다

가고 없는 날들을 붙잡으려는
빈 손짓이 슬퍼진다*

매일 아침을 씻으면
휘파람이 나왔다

내가 가는 봄을 가을이라 부른 것은 실수였다

흰 머리 까맣게 물들이고
주름 사이에 분가루 채워 넣고
눈썹에 반달 띄우고
홍등 따라간다면

나는 시간의 무른 깃털이 한 움큼은 뽑힐
바람의 정부

푸르다 노랗다 푸르다 붉다가
어떡하지 어떡하지 하다가

불륜의 재앙으로 이마가 둥둥 뜰

* 산울림의 노래 〈청춘〉에서

샐비어

아무리 먹어도 허기진 때 있다

언니는 등짝을 때리며
밥그릇을 뺏고

나는 어쨌든 몸이 무거워져
무엇이든 하나 낳아 놓고
훨훨 날아가리라 다짐을 하며

어쩌다 잠이 들었던가
소스라쳐 놀라 깨어나면

울컥 목구멍을 넘어오는 잿빛 새 한 마리
눈 코 입 몽땅 지워진 청맹과니 문장 하나

꿈속에서 나는 무엇으로 살다 왔는가

　무심히 흘러가는 강물에 관능이 금가루처럼 녹아 흐
른다
　그 물을 탐욕스럽게 빨아 마신 해바라기가

이파리까지 숨이 가빠지는
유월은 지난다

지나온 곳은 다 무너져 버렸다

땡볕 속에 웅크리고 있는 샐비어 무리가
붉은 멍울을 토해내고 있다

데인 자국이

쓰리다,
흉터 속에는 아직도 펄펄 끓는 냄비가 있고
한 남자의 등을 치고 떠나온 마음이 있고
어디선가 꽁꽁 숨어 사는 사기꾼이 있다
상처는 스스로 조금씩 아물고 있다
가시밭길을 절뚝이며 걸어온
어머니도 그렇지만
흉터는 이념의 잣대에 걸려 넘어지며 아버지가 만들
어준 것이다
태풍이 산모퉁이를 치고 돌아갈 때 바람 소리는 산을
떨게 한다
나무는 자라서 상처를 가려주지만,
잊은 듯하지만 가위눌리는 밤과 숨어있는 공포가
유령처럼 어슬렁거렸다
의사가 법관처럼 불임을 선고하고
공연히 문짝이 덜컹거리는 봄
진물처럼 개나리가 피었다

휘경동

간발의 차이로 751번 버스를 놓치고
돌아본다
사람들이 서둘러 오고 간다
차에서 내린 사람들은
타고 온 버스를 뒤꿈치에 붙인 채 총총히 사라진다
내가 산 차표는 나를 두고 저 혼자 탑승해 버렸다

휘경동 쪽으로 바람이 불었다
그 너머에 무엇이 있는지 궁금한 듯
사람들은 목을 늘이고 그쪽을 본다

—세상일은 마치 시차 같아
중얼거리며 나는 천천히 승강구로 가서
목적지를 고쳐 쥐고 지하철 노선을 훑는다

점점 멀어지는 그곳을 생각하는 사이
맞은편에서 수많은 차들이 달려왔다 사라진다
그 속에서 누군가가 나를 바라본다

그를 나라고 생각한 적 있다

그러면 그가 지나가듯
금세 나는 잊힌 자가 된다

휘경동처럼

아포리즘적으로

봄이 오고 있다
쑥은 손가락 한 마디만큼 자랐고
목련은 핀 곳도 있고 아직 피지 않은 곳도 있다
개나리는 확실하게 노란 입술을 내밀고
그 옆에 진달래도 가만히 피어있다

진달래는 조용하다
큰소리로 웃은 적이 없다
어느 얌전한 새댁의 영혼이
말 못 할 사연을 안고
우물 속으로 뛰어들었다가 두레박에 담겨 올라와
저리 빨갛게 피어있는 걸까
얇은 입술이 내게 무슨 말인가 하는 듯한데
난 해석을 못 한다

진달래를 바라보다 조각공원 쪽을 본다

두 사람이 등을 맞대고 있는 조각상이 있다
그들 머리 위에는 시계가 얹혀 있다
시계는 3시 25분을 가리키고 있다

2시와 7시와 11시 사이로
천천히 구름이 지나가고 있다
시계 위에는 둥그런 우주가 얹혀있다

이름을 알 수 없는 나무들이 연초록의 혀를 내밀고
있다
봄볕은 왜 계속 말을 거는 걸까
쓸데없는 질문은 생략하기로 한다

젊은 남녀가 봄을 잡고 걸어간다
아포리즘적으로

비

비가 내리고 있었다
나뭇잎이 붉은 쪽으로 가고 있었다
그게 너무 생생해서
거짓말 같았다

두 사람이 하나의 우산을 쓰고
어깨를 꼭 껴안고 갔다
우산에서 물방울이 또르르 떨어지며 남자의 어깨를
적셨다
달리는 차들과 비 맞고 있는 가로수와
깜박이는 불빛의 노란 꼬리가
거짓말 같았다

봄으로 돌아가고 싶었다 거기 두고 온 것이 있었다
거기엔 우산이 있었고
넓은 어깨가 있었고 따뜻한 미소가 있었고,

알지 못하는 사이에 계절이 흘렀다

계속 비가 내렸다

작별한 것들을 향해 만장처럼 잎사귀 흔들렸다

봄비라는 말이 좋았다

자주 넘어졌다
덧나기만 하는 상처 안으로 스민다

비겁

비바람이 한차례 지나가고
다시 호수는 고요해졌다
그러나 한 사람이 와서 돌을 던지자
호수는 벌떡 일어섰고
한참 번지고 다시 조용해졌다

그때 호수는 아! 소리 한번 지르고
입을 닫았지만
돌은 호수의 어깨나 어쩌면 허파를 찔렀을지도 모른다
어깨에서는 피가 흐르고 허파는 구멍이 났을지도
모른다

허파의 신음을 들으며
호수는 입술이 떨렸을지도 모른다
그래도 참았을 것이다
호수는 고요해야 하니까

누가 나를 꼭 쥐고 날이 서게 깎는다
깎이면서도 웬일인지 아프지 않다
나는 뾰족한 돌이 되어 날아갈지도 모른다

아무도 나를 보지 못할 것이다

그리하여
나는 완전히 비겁怯怯에 성공할 것이다

종적

어디서 왔냐고 물었다
기억이 자꾸 흘러내렸다

길을 잃어버릴 때마다 찾아갔던
버드나무가 있는 강둑이 떠 올랐다

버들잎을 불면 누군가의 목소리가 들렸다

붉은 신호 속을 걷고 있었다
삽시간에 차들이 에워싸고
몇몇은 삿대질을 했다

신의 표정을 잘 못 읽었을 때
아직 아무도 가본 적이 없는 길로 들어선 적 있다

숨바꼭질하다 숨어서 잠들었을 때
온 동네가 발칵 뒤집혔을 때
야단맞을까 나오지 못하고 울고 있는 아이처럼

붕괴된 건물 속에 열흘 째 나오지 않는 사람들

길을 잃어버렸냐고
어디로 숨었냐고
물어봐 주길 기다리는 아이처럼

바람이 분다
나뭇잎이 휘돌며 날아간다
잊은 자를 기억하는 새의 울음처럼

영자의 사막 건너기

여자여 꿈은
거울을 잠그고 꾸어야지!

내 잠 속에 여자의 꿈이 훤히 보인다

그 여자 구름 타고 떠난다

퇴화하며 진화하는 새처럼
랄라 금빛 날개를 달고
블루블루 돈다발 짊어지고
빛나는 길 하나 만들며 산들산들 간다

저기, 뿔이 돋아나는 줄 모르는 여자
혹성에서 밥을 먹고 혹성에서 잠을 자고
혹성의 거리를 으쓱대며 쏘다닌다

혹성 여자가 되었다고 생각하는 여자
머리에 뿔이 돋아난 줄도 모르는 저 여자
투명 옷을 입었는지도 모르는 저 여자
아크투루스* 산인지 프록시마** 산인지 구별할 수

있다는 듯
　　새까맣고 쓰디쓴 기억을 후후 불어가며 마신다 우아
하게
　　입꼬리 살짝 올리고

　　위험하다! 저 여자
　　꿈 깰 시간이 지났는데

　　여자의 깊디깊은 꿈 은하수로 빠지고 있다

　　별자리는 흐르면서 운명이 바뀔지도 모르니까

　　그 여자 꿈속에 두고

　　내가 먼저 잠에서 깨어난다

　　* 별자리 이름
　　** 지구와 닮은 행성

호남선

기차가 또 나를 지나갔다
철길에 엎드려있던 마음이
우두커니 지나간 기차를 본다

다리를 절룩이며
달빛이 일어서고 있다
크고 작은 별들이 쏟아지고
온갖 기억들이 맨발로 걸어온다

아버지는 돌아오지 않았다

내 기억의 끝은 늘 맨발이었다
백 년을 걸어도 돌아보면 벌판이었다

출세니 명예니 하는 것들이 아름다워 보일 때도 있었다
그 모두 허수아비의 입술 같은 것

허수아비 손짓도 없는 벌판에 서서
나는 먼 기차 소리를 엮었다

진저리 처지는 땡볕 속에서
깨진 무릎을 보며 울고 있던 철길

뭉큰 돋아나는 기억을 싣고
어디 가닿는 데도 없이 기차는 또 달린다

4

그립고 그립지 않은

애인을 구합니다

음악을 듣는 남자여야 합니다 쇼팽같이 가난한 남자여도 좋습니다 날마다 웃는 남자여야 합니다 그것이 마음뿐이라도 괜찮습니다 명이 짧지 않아야합니다 장미 말고 백합 말고 물망초 꽃다발을 꺾어오다 하얀 구름도 가져올 줄 아는 사람이어야 합니다 구름처럼 변하는 법을 배웠습니다 그러니까 논리적으로 생각하지 마세요 앞뒤를 맞추려 하지 마세요 사과 밭에는 서정적인 종이 봉지가 가득하니까요 봉지를 하나씩 벗기면 피아노 소리가 들립니다 즉흥환상곡이 녹턴을 밀고 나옵니다 음표를 들고 바다로 달려갈 줄 아는 남자면 됩니다 파도를 보고 음악이라고 우기는 남자면 더 좋습니다 사과를 보면 둥근 마음이 되고 구름을 보고 함께 흐를 줄 알아야 합니다 우물쭈물하는 건 딱 질색입니다 그러니까 같이 늙어가자는 것입니다 누가 먼저이든 마지막 침상에서 힘들었다고 서로 머리를 쓸어주는 사이가 되자는 것입니다

꽃을 심는 당신

당신은 꽃을 심는다. 아침에도 심고 저녁에도 심고 울면서 심고 웃으면서 심고 한숨을 쉬면서 심고 기도하며 심고 길몽을 꾼 후에 심고 악몽을 지우면서 심고 사람이 와도 심고 사람이 떠나도 심고 생각나서 심고 잊으려고 심고 희망, 사랑, 용서, 만남, 만남, 만남, 단어를 옮겨 심듯 심어도 당신이 기다리는 발자국 소리는 들리지 않는다 당신은 꽃을 심는다.

살점을 떼어 낸 듯한 침묵을 그의 차가운 가슴에다 심고 그의 언 발에다 심고 그의 슬픈 얼굴에 심고 그의 심장에 심다가 문득 그의 흰 뼈를 만난다. 그의 뼈를 가져다 당신의 뼈에 심는다 뼈와 뼈 사이에 피는 꽃이 절벽을 타고 올라가 바위가 될 때까지 그 바위가 탑이 될 때까지 당신은 꽃을 심는다. 그 사람이 당신이 될 때까지 당신이 그 사람이 될 때까지 눈물겨운 마지막이 꽃이 필 때까지.

꽃잎으로 몸을 씻고

새는 어느 때 공중에서 두 손을 모을까

누가 내 어두운 어깨를 열어보기라도 할까 봐
햇빛으로 못을 박으며 그곳으로 갔다

스테인드글라스 속에 한 남자가 몸을 씻고 있었다

남자는 몸을 닦아내고
사람의 얼굴에 꼬리가 여럿인 짐승을 떼어내고
그 짐승을 포획하려는 아우성을 씻어내고 있었다

어머니는 어린 내가 몸을 씻으면
안 보이는 곳을 잘 닦으라 하셨다
그래도 어머니가 안 보이면 나는 고양이 세수를 하곤
했다

몹시 괴롭다고 그에게서 문자가 왔다
왜 그러냐고 문자
마음이 파이고 있다고 했다
이 생애 동안 그럴 것 같다고 했다

그가 새처럼 날개를 접으면 어쩌나

유리창 속 남자는 계속 구석구석을 몸을 씻고 있었다
심장을 꺼내 씻고 혓바닥을 꺼내 씻고 있었다
핏속에서 자라는 독초를 찾기 위해
몸을 벗겨내고 있었다
유리창 속에는 피가 고이고 있었다

햇살이 비추자

흥건하게 고인 피는 꽃잎으로 피어나고 있었다

그대여 우리 꽃잎으로
몸을 씻고 새살이 돋아나게 하면 안 될까
그래 우리 그러자!

나라는 허구

빈 의자가 혼자 있다 주변은 그림자만 있어 경계의
영역을 가지고 있다 그 의자에 앉았던 사람은 어디 갔
을까 지층 한 곳이 흔들렸다 육안으로 보이지는 않으나
분명 누군가 앉아있다 살점 같은 그림자 한 점이 앉아
있다 가까이 오는 말은 실어증이 된다

뒤척이는 새가 있다 이마엔 가는 실핏줄, 가만히 깃
털에 볼을 댄다 퍼렇게 언살 사이로 내 가난한 숨결이
퍼지자 가늘게 눈을 뜨는 새, 상처 난 날개에서 한숨이
흘러나오고 태고의 시간이 질척이며 흘러나온다

교회당 담장 너머로 향한 나팔꽃은 모든 걸 알고 있
을지 모른다 벽돌담은 꽃은 되지 못하고 엉거주춤 나팔
꽃 줄기나 붙잡고 있다 빈 의자에 앉아 무언가 졸고 있
다 의자의 전생은 얼룩을 보면 알 것 같다 스토리는 그
렇게 내 곁에 왔고 가만히 있어도 생이 구름처럼 흘러
간다 나라는 허구도

기침 좀 합시다

연주가 시작된다
지휘봉 끝으로 음이 모였다 흩어지고
흩어지는 음은 다시 모여
한바탕 휘돌다 잦아든다

청중의 모든 숨소리는 베토벤 4악장 속으로 들어간다

목이 가려워진다
지휘봉이 고통을 잠재우듯
몇 번 아래로아래로 출렁인다
그늘이 빛 속으로 가라앉듯

목은 점점 더 가려워진다
기침을 참는다

기침을 가두자 가슴이 부풀어 오르고
어깨가 움츠러든다
머리카락이 올올이 일어선다
발가락이 차례로 구부러 든다
온몸의 피가 솟구친다

물결치던 지휘봉이 힘껏 튀어 오른다
누가 타들어 가는 듯 그 속으로
음들이 소스라치며 올라간다

목구멍에서 기침이 튀어나오려 한다
지휘봉과 바이올린이 달려와 목을 움켜쥘 거 같다

베토벤 4악장으로 들어갔던
숨소리가 달려 나와 목을 잡는다

온몸이 사라지고 허파만 남아 부풀고 있다

그립고 그립지 않은

사립문이 열리고
비질하는 소리

누굴까?

이내 천천히 굴뚝에서
나오는 연기

아궁이에 불을 지피며
생솔가지에
눈물 묻는 어머니가

밥물이 넘치고
뜸을 들이고
솥뚜껑을 닦는 사이

높고도 깊고 쓸쓸한 성을 세웠으니

아직 생솔가지 연기에 눈물 훔치는
이방인처럼 낯선 소녀여

오지 못할 거면서
감지 못한 눈을

없는 아비 비질 소리를 듣네

귀신처럼 비들이 쏟아지네

당산나무

당산나무 밑에 한참 앉았다가 갑니다

내가 살던 집에는
낯선 이가 살고
첫사랑은 소식도 모른답니다

컹컹 개 짖는 소리 들리고
아직도 굴뚝에선 연기가 나고
처음 보는 아이들이
부르는 소리에
서둘러 집으로 들어갑니다

지금도 아침마다
나팔꽃이 목청껏 외치는지 나는 모릅니다

여이레 살면서
단 하나 사랑 때문에
목이 잠기게 울던 당신
그토록 간절하던 임은 만났는지

저녁 하늘을 쪼개던 새들은 다시 잠잠하고

침묵으로 전생을 다 알아버린 당신은
눈빛만 고요해진 당신은

잔상들은 왜 멀리 있을 때 더 커지는가

잠에서 깨었으나
눈을 감고 가만히 있어 본다

쉐이브 로션 향기가 스치듯 지나간다
출장지에서 그가 면도를 하고 있나 보다

그가 곁에 있을 때는
세수를 하는지 면도를 하는지 관심이 없었다

그의 출장 첫날 나는 굴레에서 풀린 실처럼
느슨하고 가볍고 경쾌하기까지 했다
하지만 그것이 좀 오래되니
그의 듬직한 습관들이 거울 속처럼 가깝게 모인다

잔상들은 왜 멀리 있을 때 더 커지는가!

그의 손이 얼마나 두툼하고 따뜻했는지
그가 옆에 있을 때 왜 악몽은 달아나는지
꽃잎을 물고 있는 파닥이는 벌새의 혀처럼
문득 없는 그의 향이 환하고 살가웁다

창밖에는 바람을 물고 날아가는 새가 있다

찬밥을 더운물에 말아먹으며
처음 그의 집에 갔을 때
슬그머니 굴비를 내 앞으로 밀어주던
그의 마음을 다시 안아본다

겨울바다

혼자 바다에 갔다
잊어버리자고 갔다

바람도 비명을 지르며 달려간다

하늘이 껴입고 있던 잿빛 구름을 벗어 던진다
바다가 그 옷을 다 받아 입는다

파도는 보이지 않는데 소리만 들린다
유령의 숨소리 같다

달려온다
무슨 말을 하려는 듯이 숨차게 달려온다

남자인지 여자인지도 모르겠다
아주 젊은가 보다
마구 뛰어온다
뒤에 수 없는 무리를 거느리고

가만히 보니 늙은 유령 같기도 하다

느릿느릿 온다

그리고

사라졌다
사라진 것들이 흰 뱀이 되어 쫓아온다
물릴 뻔했다

오랜 연애를 마감하였고
눈으로 만진 바다가 몸을 떨었다

누수

잠이 샌다
똑똑 떨어지는 물방울 소리

수도꼭지를 힘주어 잠근다
그래도 샌다

있는 힘을 다해서 잠근다
손가락이 벌겋게 부푼다

다시 누워도 잠이 오지 않는다
손바닥으로 수도꼭지의 입을 틀어막아 본다
물은 손가락 사이로 샌다

그릇을 받쳐놓아 본다

우리가 오래전에 나눈 말들이
더는 잠겨있지 못하고
머리맡에서 쫄쫄거린다

나는 안다

그때 우리가 서로에게 흠뻑 젖었다 해도
운명이 비웃으며 갈라놓았으리라는 것을

귀를 막고
이불을 뒤집어써 본다
새는 잠은 흐르고 흘러
우리가 손가락을 걸던 강둑까지 가는 소리가 들린다

아침은 왔다
수도꼭지에 고무 패킹을 새것으로 바꿔 끼운다
이제 수도꼭지는 새지 않는다

우리의 기억은 어디에 잠겨있을까

노래

머리가 허연 가수가
노래를 한다
―연분홍 치마가 봄바람에 휘날리더라

가수 장사익이다
머리는 백발이 되었지만
목소리는 카랑카랑하다
그의 목소리엔 깊은 우물이 있다

그 우물 속으로 들어간다

스물다섯 그 사람이 늙지도 않고 우물 속에 서 있다
한참을 서로 바라보다 나는 그저 젖어서 나왔다

그의 눈빛 그의 휘파람 소리 그의 옆모습 그의……
그 긴 세월에도 나의 피는 묽어지지 않는다

장사익은 눈가에 깊은 주름을 지으며
흰 두루마기 자락을 가만가만 출렁이며
―산 제비 넘나드는 성황당 길에 꽃이 피~면 같이 웃

고 꽃이 지~면……

　　갇힌 기억들이 구멍마다 불을 밝힌다
　　그도 지금쯤 저처럼 늙어 왔을까

　　문득 저 가수에게 고백하고 싶다
　　이번 생은 버거웠다고
　　어디 생이 마음대로 되더냐고

　　노가수의 노래는 휘파람 소리로 기억을 휘감고 넘어
간다

행복론

행복을 찾아 떠났습니다. 쌍문역에서 내리라 했습니다. 쌍문역 7번 출구를 찾으라 했습니다. 둘러봐도 7번 출구는 보이지 않았습니다. 화살표는 출구가 고장 났으니 돌아가라고 했습니다. 지하로 내려가야 한다고 했습니다. 지하로 내려갔더니 다시 올라가 분수가 빙글빙글 도는 무지개 다리로 가라 했습니다. 무지개 다리는 너무 높아 무릎이 삐걱거리기 시작했습니다. 엉금엉금 기어갔더니 '행복으로 가는 계단'이라는 팻말이 서 있었습니다. 그런데 행복은 어떻게 생겼습니까? 누구는 별 모양이라 하고 누구는 네모라 하고 누구는 세모라 하고 누구는 우산 모양이라고 했습니다. 나는 세모를 지나 네모를 지나 우산 모양을 지나 별 모양을 찾아 떠났습니다. 유리로 된 다리를 건너라 했습니다. 바로 앞 사람이 유리 다리를 건너다 추락했습니다. 산산이 조각난 유리 파편이 눈을 찌릅니다. 다리가 벌벌 떨립니다. 이미 되돌아가는 길은 닫혔습니다. 밟아도 깨지지 않는 유리 발판을 골라 밟고 가야 합니다. 황금별이 가득 담긴 둥그런 달이 손에 닿을 듯 떠 있습니다. 한 발만 더 내디디면 됩니다. 그런데 발이 떨어지질 않습니다. 그렇게 떨다 머리가 하얘져서야 나왔습니다. 공사장 담벼

락에서 보았습니다. 누군가 공사장 벽에 행복이라고 깊게 새겨놓았습니다. 그 옆에 또 누군가 **씨발** 이라고 더 굵게 새겨놓았습니다. 함부로 소리 내어 쓰지 못하는 붉은 단어들로 담벼락이 술렁입니다.

없는 딸이

친구는
딸이랑 유채꽃 보러 간다고 합니다

없는 딸과 나 오늘 꽃구경 떠납니다
웃음이 많은 딸은 말하면서도 웃고
내 우울함을 달래려고 웃음을 만들어서 웃습니다
딸의 마음이 예뻐서 따라 웃습니다

산 벚꽃 흐드러진 그곳에 이르자
딸은 홀연 숲으로 들어갔고 나는 하염없이 딸의
발자국 소리만 기다렸습니다
앞산에서 산 꿩이 울고
뻐꾸기 한 마리도 푸드덕 날아갑니다

내 옆에 작은 새 한 마리 종종 걸어옵니다
청색과 붉은색과 노란색의 깃털은 움직일 때마다 바
꿉니다
붉은색 작은 발이 추워 보입니다
젊은 날 잠시 나의 태 속에 몸을 얹었다가
흘러내린 발인 듯도 합니다

내 안에 사는 죄 하나 꺼내놓고
가만히 들여다봅니다 죄는 점점 커져서 바위가 되었
습니다
한때 나는 바위가 무거워 주저앉기도 했습니다

없는 딸이 숲에서 나왔습니다
웃음이 많은 딸이 꽃처럼 웃습니다
딸은 꽃을 가슴에 넣어주며 웃습니다
없는 딸이 자꾸 웃어도 바위는 작아지지 않습니다

웃음으로는 죄를 지울 수 없으니 그게 내가 아는 사
실입니다

칼날 같은 햇살 하나 골짜기를 찌릅니다
딸의 모습은 어디에 있는지 보이지 않고
산 벚꽃 아득히 피어납니다

심부름

무슨 심부름을 가는 거니?
라는 책을 읽다
문득 나도 무슨 심부름을 가는 길이라는 걸 생각하게
된다
나는 무슨 심부름을 가는 길이었지
누가 보냈더라
언제 왔던가 생각하는데
아이가 어머니 밥 주세요 한다
아 그럼 난 아이 밥 주러 왔나 생각하는데
남편이 여보 옷에 단추 좀 달아줘요 한다
아 그럼 난 남편이라는 사람의 단추를 달아주러 왔구나
단추를 다는데 어미야 내 손수건 어디 두었냐 하신다
아 그럼 난 저 어른의 손수건을 찾아주러 왔구나
수건을 챙겨드리고 나니 머리가 핑그르 돈다
이건 아닌데 이건 아닌데
잔 다르크처럼 나라를 구하는 건가
진주 기생 논개처럼 적장을 껴안고 물속에 빠지는 건가
두보나 이태백이처럼 후세에 남을 절창을 남기라는
건가
뭐지 분명 꼭 해야 하는 게 있는데

분명 보낸 누가 있는데
누구였더라? 뭐였더라?
머릿속이 캄캄했다 환했다 한다
여기가 꿈속 인지 여기가 꿈 밖인지
심부름 보낸 그 누군가를 찾아가
내가 무슨 심부름을 가는 길인지 물어봐야겠는데
어디로 가야 찾나 머릿속이 어지러운 가운데
어머님이 어미야 나 다녀오마 하고 나가신다
아! 그래 어머님도 심부름 가시나 보다

라일락 필 때

봄 길을 걷는다
연두 이파리들 사이로
햇살이 머뭇머뭇 내려온다

하늘에는 새로 생긴 구름이 길을 찾으며 가고 있다

그때도 라일락이 피고 있었다
아우가 마지막 숨을 쉬고 있을 때
오빠는 아우의 손을 잡고 작은 소리로 말했다

아우야 무서워하지 마
누가 데리러 올 거야
안가겠다고 해 봐 돌려보내 줄지도 몰라
그래도 가자고 하면 따라가

빛기둥이 나올 거야
빛기둥 안으로 들어가
그 속에 들어가면 편안할 거야
신비한 빛이 감도는 언덕에 내려 줄 거야
눈부신 꽃밭이 나올 거야 돌아오고 싶지 않을 만큼

아름다울 거야

아우야 무서워하지 마
형 말 들리지

심장박동을 그리던 그래프 선이 길게 떠나가고
흰 가운의 의사도 물러갔다
중심이 자꾸 무너져
나는 오빠의 떨리는 손을 잡았다

길을 걷는다
라일락이 피어 있다
한 구름이 앞서가는 구름을 따라가다 자꾸 머뭇거린다

나는 겨울나무처럼 오래 서 있다
안개 바람이 피어올라 차가운 발등을 덮는다
라일락꽃이 안개에 가려진다
눈앞이 자욱하다

'당신'에 대하여2
—위안과 용서의 레퀴엠

전 해 수 (문학평론가)

'당신'에 대하여2
─위안과 용서의 레퀴엠

거슬러 가 보자. 유안나 시인의 첫 시집『당신의 루우움』(2016)에서 '당신'으로 호명되는 그리운 대상은 고향, 어머니, 이웃 사람들 그리고 이루지 못한 옛사랑으로 표상되면서 당신의 영혼을 위무하는 세계를 펼쳐 보였다. 필자는 그것을 '당신에 대하여: 영혼의 시학'이라 규정하였으며, 세상의 모든 '당신'으로 호명되는 '당신'들에 대한 시인의 감정을 '연민'으로 이해한 바 있다.

그런데 이번 시집 역시 '당신'에 대한 시인의 시선이 유사하게 유지되고 있어서(특히 어머니에 대한 감정이 그러하다), 유안나의 시에서 '당신'은 뗄 수 없는 '시적 방향성'임을 알 것 같다. 다만 이번 시집은 당신에 대한 마음이 '연민'에 머물지 않고, '위안'과 '용서'라는 '자기감정'에까지 다다르고 있어서 특징적이다. 이번 시집은 '당신'을 통해 투사된 '자신'을 향한 감정이 돌올한데, 이는 '레퀴엠' 즉 도달할 수 없는 곳에 이른 '당신'을 바라보며, '나'

를 '위로'하고 '용서'하는 시편들로 새롭게 탄생하고 있다.

당신의 편지에서 포도알 닮은 사연 몇 개를 골라낸 일로 기뻐했습니다 마음에 바로 담지 않고 몇 번 뒤적이면 기쁨은 배가 되었습니다 생은 몇 번 뒤적이다 보면 소소한 근심은 빠져나가고 단단한 씨알들만 남지요 나는 그대를 알면서도 그대를 모르고 꿈을 꾸면서도 꿈을 멈추지 않았습니다 포도 넝쿨에 매달린 연민이라던가 혼자 가다 돌아와 다시 어깨를 싸안는 용서라든가 비틀거리며 일어서는 자력이라는 말을 고르곤 했습니다 두통약을 잘 먹는 당신은 헛바늘이 돋았을 것이고 어제는 하루 종일 들바람을 맞다 돌아왔겠지요 당신이 부르던 동그라미를 흥얼거리다 향긋한 넝쿨이 어깨를 감싸는 것 같아 잠시 서 있었습니다

―「포도」 전문

우선 시집의 맨 앞에 있는 위 시는 '당신'에 대한 '나'의 묵은 감정을 "편지", "사연"으로 짐작되는 지난 '시간'으로 추억하면서, "포도 씨알"처럼 맺힌 감정의 순간들을 사랑과 이별에 대한 기록 즉 고백의 시로 표출하고 있다. 유안나 시인은 "포도 넝쿨"로 연상되는 무수한 당신과의 일과―過를 "연민이라던가 혼자 가다 돌아와 다시 어깨를 싸안는 용서라든가 비틀거리며 일어서는 자

력이라는 말"로 스스로 버티고 감당해낸 자신의 시간을
'당신'과 보낸 날들 이후의 '나'의 생활과 다짐들로 가늠
하고 있다. 그러니까 당신과의 추억은 "포도알 닮은 사
연"과 대비되면서 알알이 영근 추억으로 인해 아픈 이
별이 깊이 각인된 일임을 유추하게 한다.

나뭇가지에서 바람이 레퀴엠을 연주하고 있습니다

물고기는 하늘에서 헤엄치고
그 사람이 떠났다고 합니다
함께 걷던 길도 따라갔다고 합니다

막 도착한 기차처럼 빗소리가 말합니다
새의 깃털이 귀를 막아 못 들었다고 하겠습니다

우리가 별이라고 얘기했던 것들은 어디 있습니까
곁에 머물고 스치던 익숙한 손길은
그림자로 머뭇거립니다

그림자는 피가 도는 손이 없어
내가 내 손을 만지고
내 볼을 만지고 어깨를 껴안습니다

당신이 간 그곳에는 어떤 숲이 있습니까

하얀 숲이 머리 풀고 흐느낍니까

머리 긴 유령이 모르는 이름을 부르며 달려갑니까

당신, 하얀 숲에 들어가서

새의 울음으로 있습니까

모르는 곳에서 모르는 길을 가고 있습니까

백 년처럼 가고 있습니까

당신을 지나 계속 가고 있습니까

　　　　　　　　　—「계속가고 있어야 합니다」 전문

　이별을 겪는 생生은 죽음과 삶이 연속적으로 반복되는 것처럼 반드시 거쳐야 하는 필연성을 지닌 일이다. 예컨대 죽은 이는 삶이 멈춘 것이 아니라 "당신을 지나 계속 가고 있는 것"이니, 시인은 죽은 자와 산 자를 위로하는 레퀴엠을 연주하듯 이러한 삶 가운데에 이별의 길을 "하얀 숲"에서 들리는 "새의 울음"쯤으로 여기며 극복하려 하고, 이 이별이 "백 년"이 지나도 잊히지는 않는 아픈 일임을 확인하려 한다. 무릇 이별 이후에도 잊히지 않는다는 것, 그것은 이별을 인정한 스스로에게 주는 위로와 아쉬움과 그리움으로 토로된다.

　결국 당신과 나 사이, 지금의 그 거리로 인한 그리움

은 원망이 전제된 용서의 말로 이어진다. "계속 가고 있어야 합니다"라는 시제詩題에서 느껴지는 자기 다짐과, 물음표가 떨어져나간 질문형의 문장들이 반복되는 것은, 역설적이지만 답을 요구하는 질문태가 아니라 자기 확인을 대리하는 표현이자 시인의 간절함을 드러낸 것이라 할 수 있다.

밖에는 모래바람이 불고
안에도 찬바람이 불었어요
눈을 비비고 돌아서면
거친 세월도 지나가지요

모래에 대해 생각해 봤어요
모랜들 날리고 싶겠어요
사막의 등뼈라도 되고 싶겠죠

우리 집 베란다엔 그늘만 먹는 식물이 있어요
햇빛을 양보하는 식물이라
내가 고백을 많이 하죠

어떤 식물은 창문을 열어놓으면
입을 벌리고 모래를 먹어버리는데요
나는 그게 싫어요

내가 그의 눈물을 닦아주어야 하니까요
내가 울어야 할 때 누가 대신 울어주는 건 더 아파요

가족은 그런 건가 봐요
모래바람을 먼저 마셔버리는 것
그걸 보는 사람은 어쩌라고요

무늬뿐인 잠자리 날개나
구멍뿐인 새의 가슴뼈는 가벼워서 좋을까요

누군가를 바라보다 다 닳아서 그렇겠죠
그러면 영혼까지 가벼울까요
그래서 우리 엄만 꿈에 안 오시나 봐요

— 「내가 울어야 할 때 누가 대신 울어주는 건 더 아파요」 전문

　생이 "눈물"로 단절되는 것이 아니라 진정 '눈물'에 의해 완성되는 것이라면, "대신 울어주는" 자도 필요하다 할 것이다. 물론 "대신 울어주는" 위로는 눈물의 양을 줄여주진 않지만, 눈물의 의미를 알아주기 때문이다.
　위 시 「내가 울어야 할 때 누가 대신 울어주는 건 더 아파요」는 이번 시집의 제목으로 안착하였는데, 대신 울어주는 행위를 통해 대신 울어줄 수 있는 대상이 누

구인지를 함께 생각해보게 한다. 위 시에 드러난 바처럼, 제일 먼저 떠오르는 것은 가족일 것이다. 사랑의 색깔이 다르다 하지만, 가족이 무한대로 쏟는 사랑의 크기는 결코 부정할 수 없다. 하여 가족은 "대신 울어주는" 것이 오히려 더욱 아픈 이유가 되기도 한다. 가족은 눈물을 나누면 더욱 뼈저린 감정에 이르니, 대신 울어주는 일은 고통이 수반된다.

마주 보던 마음 잃고
갈 수도
올 수도 없어

안부만 묻고
돌아서는 길
바람의 정강이에 걸려 넘어진 적 있네

이제 더 이상 서로를 가둘 일 없지없지 하며
마음의 창틀 뜯어낸 적 있네

풀벌레 울고 울어 쉰
목구멍에 대해 걱정하는 일
한쪽 날개
잃어버린 왜가리처럼

기우뚱기우뚱 허당을 짚으며

가시덩굴 위에 따리 튼
배암의 쓰린 등 같은 어느 오후
비는 내리고
당신의 안부도 떠내려갔을 것 같고, 상처 난 살갗 같은
가을이 슬몃슬몃 옆구리를 열고 들어와서
때아닌 서리 내리고

벗다 만 허물 다시 걸치고 숲으로 들어가는 배암처럼
나는 어느 풀벌레 울음 자리를 더듬으며
부서진 창틀을 더듬고 있으리

끝내 네 안부는
새처럼 먼 곳으로 날아가 버리고
나는 마음의 빈 무덤만 더듬는가 우는가

―「안부」 전문

위 시는 '안부를 묻는 일이 어려운 대상'에 대해 그리
고 있다. 안부를 묻기 어려운 대상이란 아마도 부재不在
한 대상일 터이다. "마주 보던 마음 잃고/갈 수도/올 수
도 없"으니 한때는 당신이 마음이 오간 사이였지만 지

금은 잠시 이별을 했거나 어쩌면 죽음처럼 긴 이별로 인해 '당신'의 안부를 묻는 일은 "끝내 먼 곳으로 날아가 버"린 일인지도 모른다.

시인은 스스로를 위안하듯 "이제 더 이상 서로를 가 둘 일(은) 없지없지" 자위하면서 되뇌기도 하지만 "한쪽 날개/잃어버린 왜가리처럼" 제대로 몸을 가누지 못하고 "기우뚱 허당을 짚"기도 하니 화자에게 '안부'는 안부 이 상의 의미라 할 수 있다. 위 시에서 "마음의 빈 무덤"은 그래서 더욱 슬프다. 울고 울어 목이 쉰 풀벌레의 "목구 멍"을 걱정하는 일만큼 "마음의 빈 무덤"을 더듬는 일은 쓸모없는 일이지만 화자는 "마음의 창틀"이 뜯겨 나간 서러움을 텅 "빈" 마음의 자리에서 느끼고 있다.

위 시는 안부를 물을 수 있는 상황과 더 이상 안부를 물을 수 없는 처지를 연관하면서 사랑의 방식은 안부를 묻는 일에서 더욱 소중한 것임을 넌지시 전하고 있다.

음악을 듣는 남자여야 합니다 쇼팽같이 가난한 남자여도 좋습니 다 날마다 웃는 남자여야 합니다 그것이 마음뿐이라도 괜찮습니다 명이 짧지 않아야합니다 장미 말고 백합 말고 물망초 꽃다발을 꺾어 오다 하얀 구름도 가져올 줄 아는 사람이어야 합니다 구름처럼 변하 는 법을 배웠습니다 그러니까 논리적으로 생각하지 마세요 앞뒤를 맞추려 하지 마세요 사과 밭에는 서정적인 종이 봉지가 가득하니까 요 봉지를 하나씩 벗기면 피아노 소리가 들립니다 즉흥환상곡이 녹턴을 밀고 나옵니다 음표를 들고 바다로 달려갈 줄 아는 남자면 됩니다 파도를 보고 음악이라고 우기는 남자면 더 좋습니다 사과를 보면 둥근 마음이 되고 구름을 보고 함께 흐를 줄 알아야 합니다 우물쭈물 하는 건 딱 질색입니다 그러니까 같이 늙어가자는 것입니다 누가 먼저이든 마지막 침상에서 힘들었다고 서로 머리를 쓸어주는 사이가 되자는 것입니다

—「애인을 구합니다」 전문

　그런데 시인이 말하는 사랑의 대상 즉 "애인"은 평범한 애인이 결코 아니다. 평가하기 어렵고 많은 조건이 전제된 낭만적 애인은 더더구나 아니며, '삶의 동반자'를 지칭하고 있다. 그러나 삶의 동반자라 해서 '의무'만이 강요된 생활인을 바라는 것이 아니다. 연애와 결혼이 동일한 기준이듯 시인에게 애인과 동반자는 동일한 대상이다. 다만 그 대상이 쇼팽처럼 가난해도 낭만(음악)을 즐길 줄 알며, 장미처럼 화려한 꽃보다는 물망초의 꽃말처럼 순정을 잊지 않고 품고 있는 "애인" 같은 대상을 추구하고 있다. 시인은 단순한 연애로 그치는 애인은 원치 않고, "마지막 침상에서 힘들었다고 서로 머리를 쓸어주는 사이"를 진정한 "애인"으로 표상하고 있는 것이다.

　이처럼 애인과 삶의 동반자가 분리되지 않고 결속되

어 동일한 선상에서 동격의 자격을 지니고 있으니, 유안나 시인의 사랑법은 사랑으로, 애인으로, 삶을 함께하는 동반자로, 일회적이지 않고 영원회귀적인 것임을 알 수 있다.

둘이 사는 동안
당신 옆에서

당신이 멀리
가지 않도록
치맛자락을 펴 바닥을 만들고

마음이 드나들도록
미간에 쪽문을 열어두고

진달래꽃 위에
콩새의 노래 쌓고
콩새 노래 위에 나비 비단옷 쌓고
나비 비단옷 위에 바람의 눈물 쌓고
눈물 위에서 기우뚱 허공을 짚을 뻔

몇 번의 엇갈림을
통과하는 동안

담은 조금씩 두터워져

고인 어둠에 한 줄기 햇빛을 부양하며

세상 모든 검은 비
세상 모든 불온한 구름
밖에 세워두고 싶어
벽돌 한 장씩 올리는
참 아슬한

―「벽돌을 쌓듯이」 전문

그러나 서글픈 것은 이 같은 사랑의 간절함도 "둘"이
함께 하게 되면, "둘"은 "벽돌을 쌓듯이" 모든 정성과 인
내로 "불온한 구름"을 걷어 올려야 하는 지난한 시간을
필요로 한다. 사랑은 금세 위태로워진다. 한 장 한 장
쌓아 올린 시간이 없다면, "세상 모든 검은 비/세상 모
든 불온한 구름"은 이내 담장을 넘어와 "아슬한" 엇갈림
을 만들 것이기 때문이다.

위 시의 표현대로라면, 벽돌은 "진달래꽃" 위에 콩새
가 "콩새 노래" 위에 나비의 비단옷이 "나비 비단옷" 위
에 바람의 눈물이 쌓이지 않는다면, 혹은 때로 "마음이
드나들도록" "쪽문"을 내두지 않는다면, "둘"이 사는 동

안 "고인 어둠"은 빛을 들일 수 없을 것이다. 그러므로 유안나식의 사랑은 '사랑의 시작'보다 이후의 시간이 모두 "벽돌 쌓듯" 끊임없는 정성과 인내가 요구되는 일이다.

잠이 샌다
똑똑 떨어지는 물방울 소리

수도꼭지를 힘주어 잠근다
그래도 샌다

있는 힘을 다해서 잠근다
손가락이 벌겋게 부푼다

다시 누워도 잠이 오지 않는다
손바닥으로 수도꼭지의 입을 틀어막아 본다
물은 손가락 사이로 샌다

그릇을 받쳐놓아 본다

우리가 오래전에 나눈 말들이
더는 잠겨있지 못하고
머리맡에서 쫄쫄거린다

나는 안다

그때 우리가 서로에게 흠뻑 젖었다 해도

운명이 비웃으며 갈라놓았으리라는 것을

귀를 막고

이불을 뒤집어써 본다

새는 잠은 흐르고 흘러

우리가 손가락을 걸던 강둑까지 가는 소리가 들린다

아침은 왔다

수도꼭지에 고무 패킹을 새것으로 바꿔 끼운다

이제 수도꼭지는 새지 않는다

우리의 기억은 어디에 잠겨있을까

―「누수」전문

「누수」는 이번 시집에서 가장 눈길을 끄는 시로 생각
된다. 잠이 새는 것을 "누수"에 비유한 위 시는 "누수" 즉
새는 물에서 '눈물'도 함께 연상된다. 이른바 눈물지으
며 잠을 이루지 못하는 화자의 시간이 "아침"까지 이어
져 있다. 예컨대 "귀를 막고/이불을 뒤집어써"도 "새는

잠은 흐르고 흘러/ 우리가 손가락을 걸던 강둑까지" 시간을 거슬러 가, 잠은 저 멀리 (아침까지) 찾을 길이 없는 것이다.

요컨대 "기억"을 잠글 수 없다는 것은, "기억"이 여전히 흐른다는 것은, "우리가 오래전에 나눈 말들"이 밤새 잠겨있지 못하고 흐른다는 것은, 마치 "누수"의 고통으로 다가온다. 어디서 물이 새는 걸까. 어디서 잠이 새는 걸까. 우리의 기억은 어디쯤에서 잠글 수 있는 것일까.

「누수」는 유안나 시의 수월한 시적 비유에 주목하게 만든다. 이처럼 유안나의 이번 시집은 '당신'에 의해 마음의 길을 놓친 화자가 위안과 용서를 자기 다짐으로 도모하면서 떠난 자를 잊으려는 레퀴엠을 노래하는 시편들이 엿보인다. 레퀴엠이 진혼곡으로 불리기 이전에 '안식'이라는 의미를 지녔다는 것은 유안나 시의 저변에 침잠한 (슬픔의) 자기감정이 '안식'과도 지향점이 연결되어 있음을 짐작하게 한다. 하여 유안나의 이번 시편들은 '당신'을 기억하는 방법으로 여전히 '당신'을 호명하고 있는 것이다.

내가 울어야 할 때
누가 대신 울어주는 건 더 아파요
유안나 시집

발행일
2023년 1월 6일   초판 1쇄

지은이　　　　　● 유안나
펴낸이　　　　　● 김종해
펴낸곳　　　　　● 문학세계사
출판등록　　　　● 1979. 5. 16. 제21-108호

주소　　　　　　● 서울시 마포구 신수로 59-1(04087)
대표전화　　　　● 02-702-1800
팩스　　　　　　● 02-702-0084
이메일　　　　　● mail@msp21.co.kr
홈페이지　　　　● www.msp21.co.kr

값 12,000원
ⓒ 유안나, 2023
ISBN 978-89-7075-355-3